五行歌集

白つめ草

石村比抄子

Ishimura Hisako

そらまめ文庫

目次

第1章　あなたの空にひびかせるうた

私の好きな人は
長すぎる夢を
追って
追って
元気に笑っている

この身体《からだ》ごと
うたおう
あなたの空に
ひびかせる
うたを

光の粒子に
つつまれる
みっともない
からだが
ひとつ

ほら　ね
チューリップも
見ている
長い頸を傾げて
大好きなきみを

ちちんぷいぷい
呪文を唱え
きみの肌を
撫でる
風になる

教壇に立つ
あなたが好きだった
初恋は
桜の花びらと
一緒に飛んでいった

ピアノの
弾き語りを
静かに響かせれば
お風呂が
私の音楽堂になる

ひとを
すきになるって
かっこわるいけど
だから
かっこいいいんだ

第2章　思いが私を象ってゆく

むかし
人を
ふかく恨んだとき
わたしは
死顔をしていた

人々の心に映る
私は
それと同じ数だけ
面をもつ
多面体

輪郭を
にじませて
自画像は
世評から
炙りだされる

朱《あか》 紅《あか》 茜《あか》
道程が
うつろわせるのか
小指の糸
という絆

思うな
と言われても
むずかしい
息をするな
と同じくらい

水晶を
拾い集めるように
あなたから頂いた
言葉
そっとしまう

樹木や
岩にさえ祈る
人々の
こころに
神さまがいる

深く深く
心底を
旅するような
思いが
私を象ってゆく

第3章　お姉ちゃんの天気雨

葬式の日
お姉ちゃんの
気配がして
ぼうっとみていた
天気雨

子供を堕《おろ》して
傷ついてでていった
あなたを
どうして
忘れることができるだろう

中絶はやめなさい
命は
わたしが育てます
マザーテレサのことばに
宗教学の講義室で泣いた

姉のたましいは
空に
とけている
わたしが泣くと
雨をふらせる

笑っちゃうほど
ナンセンスという
亡姉《あね》の小説
呆れる覚悟で
読んでみたい

姉は
私が十五歳の時に
二十三歳で死んだ
夜の女になって
死んだ

女の不幸を
全部やった
これが
母が娘を
あらわす言葉

悲しみの
慈雨が
わたしという土を
潤し
育んだ

自分の
悲しみに
酔っ払っていた
永い二日酔いの
自分にさようなら

第4章　母はうつくしい

奈良漬の粕に
鮭の切り身を
漬け込む
一晩で
おいしい朝の一品

父曰く
「素直だけど
へそまがりな娘」
なので
うまいこといきません

酔っ払うと
お人よしになる
すぐ泣く
そんな
父がすき

父の日に
贈った
お酒をのんで
今夜の父は
いつもより多弁だ

母の日に
スニーカーをあげた
父の日は
銘酒を贈ったのに
なぜかひがむ父

すなおだけど
へそまがり
私への
父の名言
握りしめる

〝疲れ取りして〟と
ひざの上で
わたしを抱く母
思いだせば
おひさまの匂いがする

四十年たって
初めて相合傘をして
なぜかだんだん
父の傘から
母は、はみだしていく

白髪を
染めるのをやめた
喜寿の母の
贈物のリクエストは
水色の手袋

額から
鼻へながれる
曲線を
そっと目でなぞる
母はうつくしい

第5章　私の第二章がはじまる

号泣する
わたしを
母はふところに抱いた
精神病院へ向かう
車中にて

まわりが
全て
敵に見えたとき
わたしの心は
ぶち壊れた

芯が
しっかりしている
人は
怒りさえ
うつくしい

かがんでみても
まだ
きみの目線に
とどかない
白つめ草よ

わたしは
統合失調症――
自分の心を
自分で裁いたのだ
この病《やまい》によって

精神崩壊
飛び散った
記憶の瓦礫のなかで
わたしは佇んでいる
真っ直ぐ佇んでいる

わたしは
何も
言ってないのに
みんな知ってる
こころ泥棒がいる

在り得ないものが
見える
話してないことが
聴こえる
わたしの妄念だ

ゆりかごに
のっているような
父との
通院ドライブ
沈黙がやわらかい

〝病気を隠す必要はない〟
父の一言のおかげで
わたしは
のびのびと
生きています

精神障害２級の友が
精神障害３級のわたしを
おもいきり励ます
治る、治る
ぜったい治るよ

発症したとき
ずっと抱いていてくれた
母は
わたしを
二度、生んだ

病んだ記憶に
赤線をひいて
さみどりでえがきなおす
さぁここから
私の第二章がはじまる

第6章　小さな木の実

「おかえりなさ～い」
雛たちの
にぎやかな囀り
やまぶき荘
二階戸袋より

読みかけの
新聞に
猫が寝ている
長閑すぎる
わたしの休日

甘え声を
ひるがえして
狩人の目でにらむ
真夜の
猫

ストーブのまえで
寝ている犬が
冬空の下を
いきいきと歩く
野性が目覚める

愛犬の足跡に
白く小さな
花がさく
初霜の降りた
朝

雑木林をぬけると
禊のように
みどりの
木もれ陽に
打たれる

野原
一面に
スーラの
点描画のような
春

おひさまを
ぎゅっとあつめて
柿の実
朱《あか》く
たわわに

手と手をひろげ
つながろう
楓の
葉っぱたちが
風にささやいている

獅子が舞い
巫女が舞う
この町は
杜に
氏神の宿る町

小さな
木の実には
大きな
宇宙が
つまっている

第7章　今、地球《ここ》に君といる私

患者会に参加し
新しい仲間ができた
代表の男性は優しくて
こんな人に
初めて出会った

「辛い思いは
僕にメールして
かわりに捨ててあげる」
きみの答えに
一瞬、言葉を失う

二人で行った
講演会で
ついうとうと
映画より面白かったと
きみは笑う

待ちつづけ
冷えた
きみの手を
わたしの手で
包み込む

こんな
胸の
鼓動の高まりは
二十年ぶりと
きみは言う

おそろいの
リングは
二人の
想いを
育む器

つきあうときには
語っておきたかった
姉の不幸な出来事
きみは
真摯に受け止めてくれた

あなたと生きて
互いを癒し
互いを豊かにします
これは
わたしの愛の誓いです

プロポーズは
〝LIVE TOGETHER〟
きみが
結婚指輪に
こめた願い

友の寿ぎを胸に
人生の
第三章は
きみと
一緒に歩きます

この病の宿命か
大事な時に
体調を崩す
入籍直後の
花嫁のうつ

風邪で
寝込んだ夫を
看病していると
なぜか
母の優しさを思い出す

「また来ますね」
「またおいで」
力づよく
手を握ってくれた
認知症の義父《ちち》

「パエリア一緒に作ろう」
義母からの電話
受け入れられていないと
思っていたのは
私だけだった

人を怒らない
人を許す
人を気遣う
人を労わる
夫から教わったこと

夫は躁鬱病
私は統合失調症
一番の理解者が
いつもそばにいてくれる
幸せ

君がしてくれること
当たり前にしたくない
だから
〝ありがとう〟は
忘れない

父を亡くした
夫を
きつく抱きしめる
私には
それしかできないから

穏やかで
野鳥が好きだった
亡義父
リビングの写真は
窓に向けて置く

永い
永い
時を超えて
今、地球《ここ》に
君といる私

跋　しずかな、やさしい呼吸

草壁焰太

こんなにやさしく、しずかな呼吸が、文学作品として印されたことがあっただろうか。最初の歌から終わりのページまで、一度も乱れることもなく、激しくなることもない。しかし、ここにあらわされた日々はもっとも激動する暮らしだったにちがいないのである。

ひとを
すきになるって
かっこわるいけど

中絶はやめなさい
命は
わたしが育てます

だから
かっこいいんだ

かかんでみても
まだ
きみの目線に
とどかない
白つめ草よ

マザーテレサのことばに
宗教学の講義室で泣いた

深く深く
心底を
旅するような
思いが
私を象ってゆく

詩歌は呼吸で書くものだという説は、私が最初にいいはじめたことのようである。

それは五行歌というあたらしい詩型のリズム、メロディをいうときに、音数の決まった定型とのちがいを説明するためにいいだしたことだった。

私の詩歌呼吸論は、いろいろな形で優れた五行歌人たちによって実証されてきたように思う。その人独自の呼吸がたしかに芸術化しているのが、歌集の誕生ごとに見えてくるのを感ずる。
『白つめ草』の呼吸のしずけさとやさしさは、それそのものが人の心を誘いこむ。いままでに感じたことのない呼吸である。

すなおだけど
へそまがり
私への
父の名言
握りしめる

発症したとき
ずっと抱いていてくれた
母は
わたしを
二度、生んだ

お姉さんの事件をも含めて、家族への歌はすべてを受け入れるように温かい。激しくも表せるような歌をこんなにしずかにやさしく書けるのは、このうたびとの心を通して言葉になっているからである。
彼女は、この歌集の刊行によって、三度生まれた、と私は思った。

あとがき

　私は、幼い時から人見知りで、口数の少ない子どもでした。中学生の時は、少しイジメにあったこともあります。女子高・女子大に進学し、友達はできましたが、口数は少ないままでした。

　私が、十五歳のとき、二十三歳の姉が亡くなりました。このことは、私にとって大変なショックでした。

　そんな時、私は、新卒で入社した赤ちゃん本舗で、綿屋誠子さんと出会い、五行歌を知りました。綿屋さんは、私に、「心の一番、痛いところを歌に書くと良い」と言ってくれました。それから、私は、五行歌に救われました。その後、私は統合失調症を発症し、入院しました。病室でも五行歌を書き続け、『五行歌』誌へ投稿していました。

五行歌は、心の傷を昇華し、私の病も良くしてくれました。だからこそ、今の私があると言っても過言ではありません。

統合失調症になっても五行歌の会事務局で働かせてくれた草壁先生、三好叙子さん、事務局の皆さん、私に五行歌を教えてくださった綿屋誠子さん、この本を出版するにあたり、快く装画を引き受けてくださったmasakiさんに、心から感謝しています。

私は、まだ人生の道半ば、病との格闘の日々です。私の病気を知っても見守ってくれる多くの方々の優しさが、私を成長させてくれます。

変わったあとがきだと思う方が、ほとんどだと思いますが、敢えて書きます。ここからは、映画で言えばエンドロールです。ここに書けない方もたくさんいますが、私を今の私にしてくれた方々を感謝の言葉とともに紹介します。

主治医、高沢紀子先生、夜間の救急外来にきた私を助けてくださり、どうもありがとうございます。

狭山五行歌会を一緒に立ち上げてくださった吉川敬子さん、強迫確認症になった私を支えてくれた悠木すみれさん、井椎しづくさん、水源純さん、統合失調症になったとき励ましてくれた工藤庄悦さんと真弓さん、屋代陽子さん、装丁の仕事を一緒にやってくれたナソユンさん、ＫＣＰ地球市民日本語学校に招待してくださった佐々木龍さん、どうもありがとうございます。

高校時代から私を支えてくれる、にしじままさこさん、小野美智香さん、佐怒賀真規子さん、原忍さん、松岡裕子さん、松野さん、和田里美さん、高校の音楽部の皆さん、音楽部の卒業生を中心に結成した合唱団クボスコディミカの皆さん、どうもありがとうございます。

大学時代の大恩師である坂本要先生、大学時代から私を支えてくれている、経塚ルミさん、田島輝美さん、千葉節子さん、塙早紀子さん、平田恵未さん、増井千里さん、町田亜紀さん、松岡奈津美さん、宮瀬ゆかりさん、野草料理研究部の皆さん、坂本ゼミの皆さん、どうもありがとうございます。

新卒で一緒に働いた赤ちゃん本舗の皆さん、五行歌の会事務局にいた頃、私を取材してくれた元社会福祉法人NHK厚生文化事業団の井筒屋勝己さん、編集プロダクションで働かせてくれ、夫と出逢わせてくれた月崎時央さん、そして、毎月私の五行歌を掲載してくれている『こころの元気＋』編集部の丹羽大輔さん、どうもありがとうございます。

夫と新しい生活を始めるにあたり支援してくださった地域生活支援センターこかげのリスタートのメンバーの皆さん、こかげのスタッフの皆さん、社会復帰の手助けをしてくれた地域活動支援センター・フレンドの職員さんの皆さん、利用者の皆さん、就職活動を支援してくださった豊島区保健福祉部障害福祉課、施設・就労支援グループの案座間由美子さん、どうもありがとうございます。

今の私の職場であり、障害者が働きやすい職場を作ってくださった株式会社ビッグ・エーの三浦弘社長、斉藤昭彦本部長、越田肇さん、嶌田智子さん、木下正樹さん、貝瀬久美さん、村山政義さん、親友の石田紀子さん、どうもありがとうございます。

そして、四十四年間ずっと私を愛し続けてくれた、かけがえのない両親に、心から感謝の気持ちを込めて、この歌集を贈ります。

これからの人生は、この歌集の出版に全面的に協力してくれた最愛の夫・石村徹とともに、楽しく歩んでいきたいです。

石村比抄子

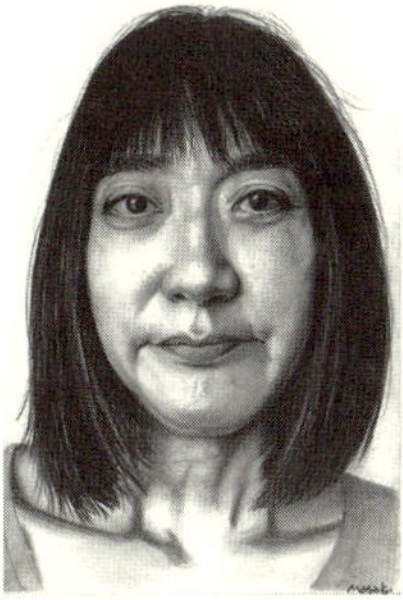
絵・masaki

石村 比抄子 (いしむら ひさこ)
東京都豊島区在住。
1975年6月10日生まれ
2000年11月五行歌の会に入会
所沢五行歌会に所属
狭山五行歌会を吉川敬子代表と共に発会
2003年から2010年まで
五行歌の会事務局で働く
2014年　石村徹と結婚
2019年　椎名町五行歌会を発会

そらまめ文庫 い1-1
白つめ草 -Shirotsumekusa -

2019年12月25日　初版第1刷発行

著　者　　石村比抄子
発行人　　三好清明
発行所　　株式会社 市井社
〒162-0843
東京都新宿区市谷田町3-19 川辺ビル 1F
電話　03-3267-7601
http://5gyohka.com/shiseisha/

印刷所　　創栄図書印刷 株式会社
カバー絵　masaki
装　丁　　しづく

ISBN978-4-88208-169-2

字数にこだわらず
現代のことばを
そのままに
自分の呼吸で
五行に分ける詩《うた》

五行歌とは、五行で書く歌のことです。この形式は、約60年前に、五行歌の会の主宰、草壁焰太が発想したもので、1994年に約30人で会はスタートしました。

五行歌は現代人の各個人の独立した感性、思いを表すのにぴったりの形式で、誰にも書け、誰にも独自の表現を完成できるものです。このため、年々会員数は増え、全国に百数十の支部（歌会）があり、愛好者 は五十万人にのぼります。

五行歌の会では月刊『五行歌』を発行し、同人会員の作品のほか、各地の歌会のようすなど掲載しています。

読売新聞では、岩手県版、埼玉県版、神奈川県版、山梨県版、静岡県版に、投稿作品掲載。朝日新聞は、熊本県版。毎日新聞は、秋田県版に。また、夕刊フジ、その他地方新聞や雑誌などにも多数五行歌の作品が掲載されています。

五行歌の講座として、テレビ岩手アカデミー、NHK文化センター八王子教室・いわき教室、読売・日本テレビ文化センター柏教室、なども開催しています。くわしくはホームページをご覧ください。